Enid E

SAITH SELOG

PNAWN GYDA'R SAITH SELOG

Manon Steffan Ros.

X

Enid Blyton

SAITH SELOG

PNAWN GYDA'R SAITH SELOG

Addasiad Cymraeg gan
Manon Steffan Ros

Arlunwaith gan *Tony Ross*

atebol

SAITH SELOG

PEDR SIONED JAC COLIN

GWION MALI BETHAN

Wyt ti wedi darllen y gyfres i gyd?

Cyfres Ddarllen Lliw'r Pump Prysur

SGAMP

Y fersiwn Cymraeg
Y cyhoeddiad Cymraeg © Atebol Cyfyngedig,
Adeiladau'r Fagwyr,
Llanfihangel Genau'r Glyn,
Aberystwyth,
Ceredigion SY24 5AQ

Cyhoeddwyd gan Atebol Cyfyngedig yn 2016
Addaswyd i'r Gymraeg gan Manon Steffan Ros

Dyluniwyd gan Elgan Griffiths

Golygwyd gan Adran Olygyddol Cyngor Llyfrau Cymru

Cyhoeddwyd gyda chymorth ariannol gan Gyngor Llyfrau Cymru
Cedwir y cyfan o'r hawliau. Ni chaniateir atgynhyrchu unrhyw ran o'r
cyhoeddiad hwn na'i throsglwyddo ar unrhyw ffurf neu drwy unrhyw fodd,
electronig neu fecanyddol, gan gynnwys llungopïo, recordio neu drwy gyfrwng
unrhyw system storio ac adfer, heb ganiatâd ysgrifenedig y cyhoeddwr.

www.atebol.com

PENNOD 1

Roedd y Saith Selog yn
cynnal cyfarfod, ac roedd
drws y cwt wedi'i gau'n dynn.
Tynnwyd llen dros y ffenest
fechan rhag ofn i Swyn,

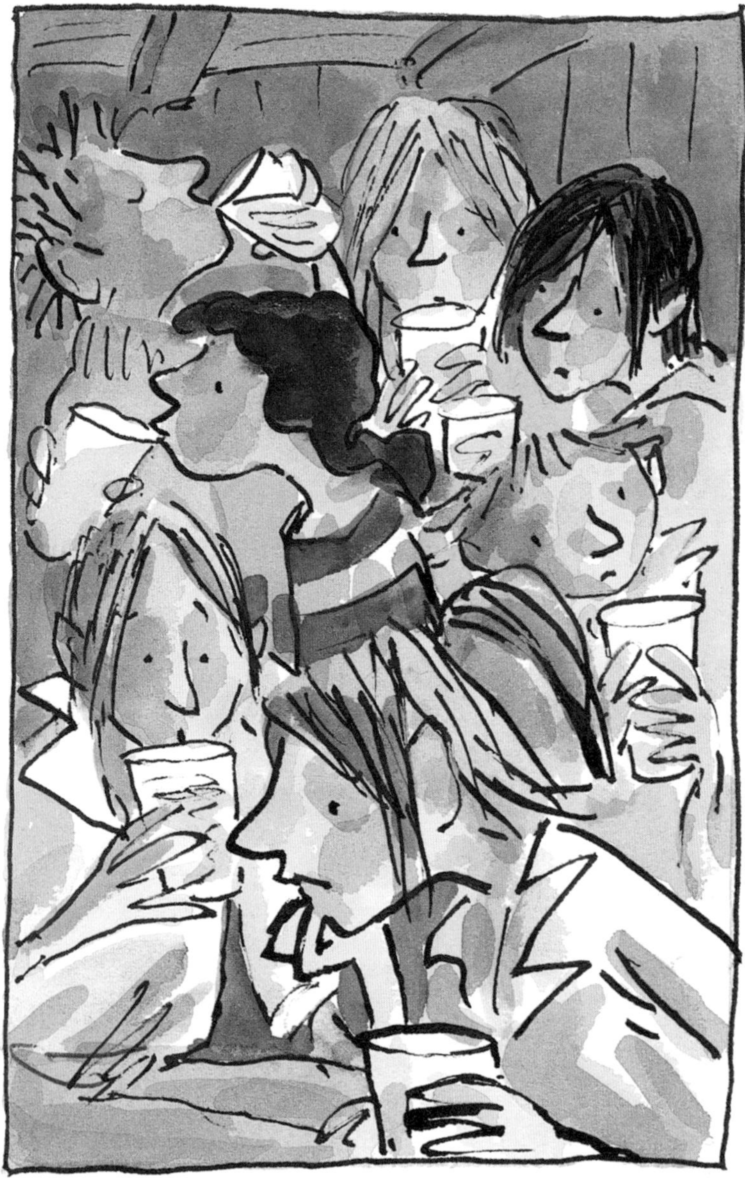

chwaer Jac, ddod i fusnesu, fel roedd hi'n hoffi gwneud o dro i dro.

Roedd y Saith yn y cwt yn yfed lemonêd roedd mam Pedr wedi'i wneud, a da-da mintys gan Colin.

'Am gyfarfod diflas!' cwynodd Bethan. 'Ro'n i'n meddwl ein bod ni'n mynd i gynllunio gwneud rhywbeth cyffrous, Pedr!'

'Wel, does gan neb unrhyw syniadau,' atebodd Pedr. 'Nid fi sydd ar fai eich bod chi'n hanner cysgu!'

'Dwyt ti ddim gwell na ni!' meddai Gwion. 'Y gwres sydd ar fai. Mae'n chwilboeth yn y cwt 'ma!'

'**Wff**,' meddai Sgamp, y sbaniel, gan gytuno i'r carn. Gorweddai ar y llawr efo'i dafod yn hongian o'i geg.

'Mae o'n dweud bod pethau'n waeth arno fo am fod ganddo gôt ffwr, a ninnau mewn dillad haf,' meddai Jac dan wenu.

'Gwrandewch –
mae rhywun yn dod!'
meddai Sioned yn sydyn.
Clustfeiniodd pawb wrth i
sŵn traed agosáu ar y llwybr.

Daeth cnoc sydyn ar y
drws.

PENNOD 2

'**Cyfrinair**!' galwodd Pedr ar unwaith.

'Does gen i ddim syniad, sorri,' atebodd rhywun.

'O, Mam – wyddwn i

ddim mai chi oedd yna,' meddai
Pedr. 'Ydach chi wedi dod â
mwy o lemonêd?'

Agorodd Pedr y drws, a
dyna lle safai ei fam gyda jwg
fawr yn ei dwylo. Gwenodd
yn glên ar bawb. 'Ydw. Mae'r
lemonêd yma'n llawn rhew!
Bobol bach, mae golwg boeth
arnoch chi. Ydy'ch cyfarfod chi
wedi gorffen?'

'Wel, ydy, am wn i,' atebodd

Pedr. 'Doedd o ddim yn gyfarfod da iawn. Roedden ni eisiau cynllunio rhywbeth cyffrous i'w wneud, ond fedrwn ni ddim meddwl am unrhyw beth.'

'Wel, beth am i chi roi help llaw i mi mewn parti yng ngardd y ficerdy pnawn 'ma?' gofynnodd ei fam. 'Byddwn i'n ddiolchgar iawn.'

'O, byddwn i wrth fy modd!' meddai Bethan ar unwaith, a nodiodd Mali. 'Dwi'n hoff iawn o barti gardd.'

'Fydd 'na fwyd yno?' gofynnodd Gwion.

'Mi bryna i de i chi, a hufen iâ yr un os gwnewch chi helpu,' atebodd mam Pedr. 'Roedd plant y teulu Harris i fod i helpu, ond mae'r frech goch ganddyn nhw, felly rydan ni angen pobol i gymryd eu lle!'

'Mi wnawn ni helpu, wrth gwrs,' meddai Jac. 'Mae Mam yn mynd hefyd. Bydd hi'n fodlon prynu te i fi!'

'Be fydd raid i ni ei wneud?' gofynnodd Mali.

'Pob math o bethau,' atebodd mam Pedr, 'ond gofalu am y stondin taflu cylchoedd a'r stondin taro cnau coco yn bennaf. Rheiny oedd y stondinau dan ofal plant y teulu Harris.'

'Ew, am hwyl!' meddai
Colin. 'Pryd ddylen ni fynd
yno?'

'Erbyn hanner awr wedi
dau,' atebodd mam Pedr.
'Gwnewch yn siŵr eich bod
chi'n edrych yn daclus. A
pheidiwch â bod yn hwyr!' Ac i
ffwrdd â hi yn ôl i'r tŷ.

'Wel, dyma gynllun
cyffrous ar gyfer y Saith Selog

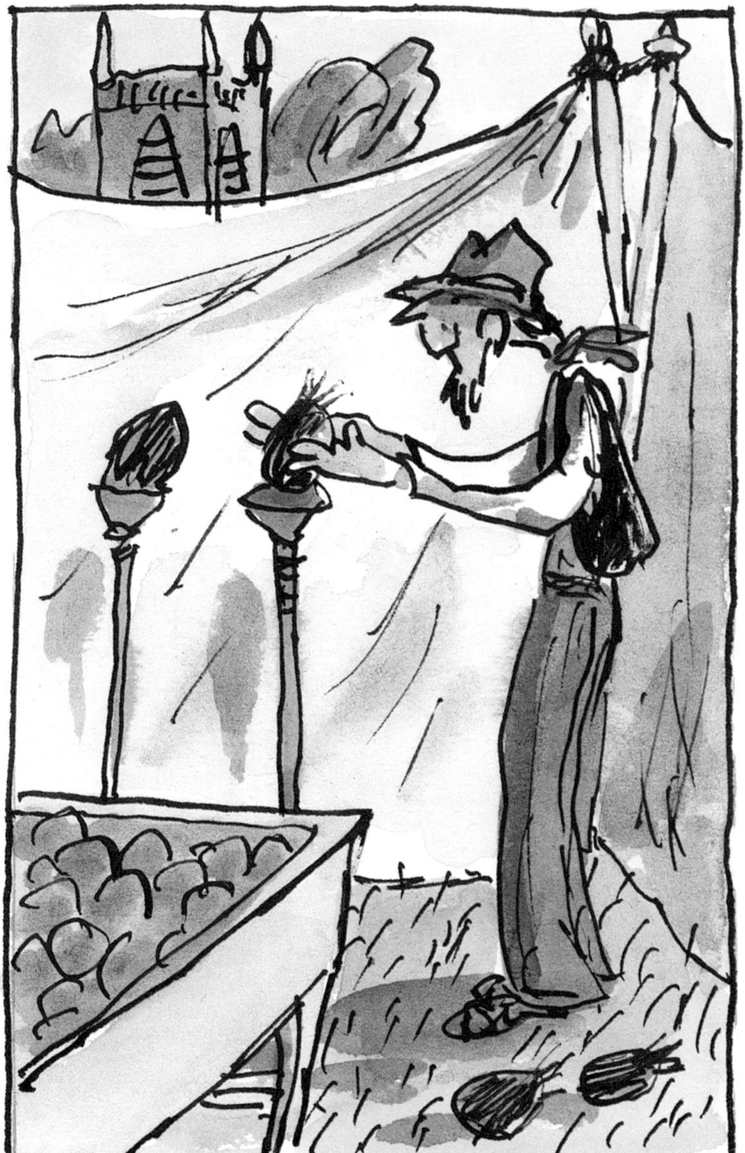

wedi'r cyfan!' meddai Pedr yn llawen. 'Tyrd â diod o'r lemonêd 'na, Sioned – mae'r gwres yn codi syched mawr arna i. Mi gawn ni adael y cwt rŵan gan fod y cyfarfod wedi gorffen.'

PENNOD 3

Am hanner awr wedi dau ar
ei ben, roedd y Saith Selog a
Sgamp yn sefyll wrth y stondin
taflu cylchoedd yng ngardd
y ficerdy. Brysiodd dynes dal

atyn nhw dan wenu.

'Aha – chi ydi'r Saith
Selog, ia?' holodd. 'Dwedodd
mam Pedr y byddech chi yma.
Mae hi'n brysur yn gwneud
brechdanau, ond mae hi'n

dweud y dylai pedwar ohonoch chi ofalu am y stondin taflu cylchoedd, a'r tri arall am y stondin taro cnau coco. Ydych chi'n gwybod beth sydd angen ei wneud?'

'Ydan diolch, Mrs James,' meddai Sioned. 'Mae Pedr a fi wedi gofalu am stondin taflu cylchoedd o'r blaen , ac mae taro cnau coco'n gamp ddigon hawdd.'

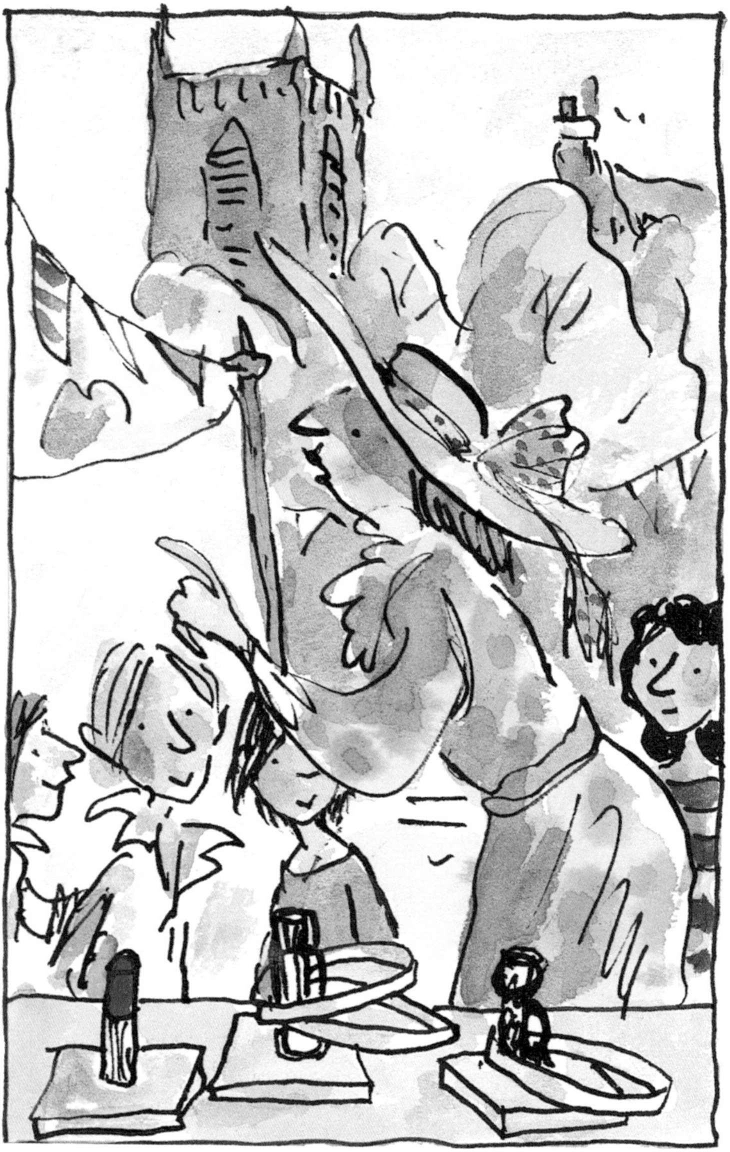

'Da iawn,' meddai Mrs James. 'Cofiwch ofalu am yr arian. Mae gofyn cadw llygad barcud arno rhag ofn iddo gael ei ddwyn – ac mae pob ceiniog yn cyfri.'

'Byddwn ni'n ofalus iawn, Mrs James,' meddai Pedr, cyn troi at y lleill a dweud, 'I ffwrdd â ni! Mi wna i, Sioned, Mali a Gwion ofalu am y stondin taflu cylchoedd.

Colin – mi gei di, Bethan a
Jac fod ar y stondin taro cnau
coco. Bydd angen un i gymryd
y pres, un i roi'r cnau coco
'nôl yn eu llefydd pan maen
nhw'n cael eu taro ac un i
ddosbarthu'r peli i'w taflu.'

'Iawn,' cytunodd Colin,
a dechreuodd o a Jac drefnu'r
cnau coco. Gosododd Pedr
a Sioned y stondin taflu
cylchoedd yn ei lle.

Rhoddodd Gwion dro ar daflu, er mwyn deall beth oedd angen ei wneud ac i ofalu bod y cylchoedd yn ffitio.

Dechreuodd Mali weiddi, 'Dewch, bawb – rhowch

gynnig arni! Enillwch degan,

bar o siocled neu becyn o

gardiau!'

PENNOD 4

Cyn pen dim, roedd
pobol wrthi'n taro'r cnau
coco a thaflu'r cylchoedd.
Gweithiodd y Saith Selog yn
galed iawn, a bu Sgamp yn

eu helpu drwy godi unrhyw gylchoedd oedd yn syrthio ar lawr.

Ew, roedd o'n hwyl! Galwai Mali ar y bobol i ddod at y stondinau, a rhannai Sioned y cylchoedd a chymryd yr arian. Gwion a Pedr oedd yn hel y cylchoedd ac yn eu rhoi nhw'n ôl i Sioned. Pan fyddai rhywun yn llwyddo, gwaith Pedr oedd

cyflwyno'r wobr trwy ddweud,
'**Llongyfarchiadau**!
Rydach chi wedi ennill y wobr
fendigedig yma!'

Roedd y pres yn cael ei
gadw yng nghap Pedr, gan ei
fod o wedi anghofio dod â
bag pwrpasol. Ond roedd cap
gystal bob tamaid. Rhoddodd
Sioned yr arian ynddo, a nôl
newid mân ohono pan oedd
angen.

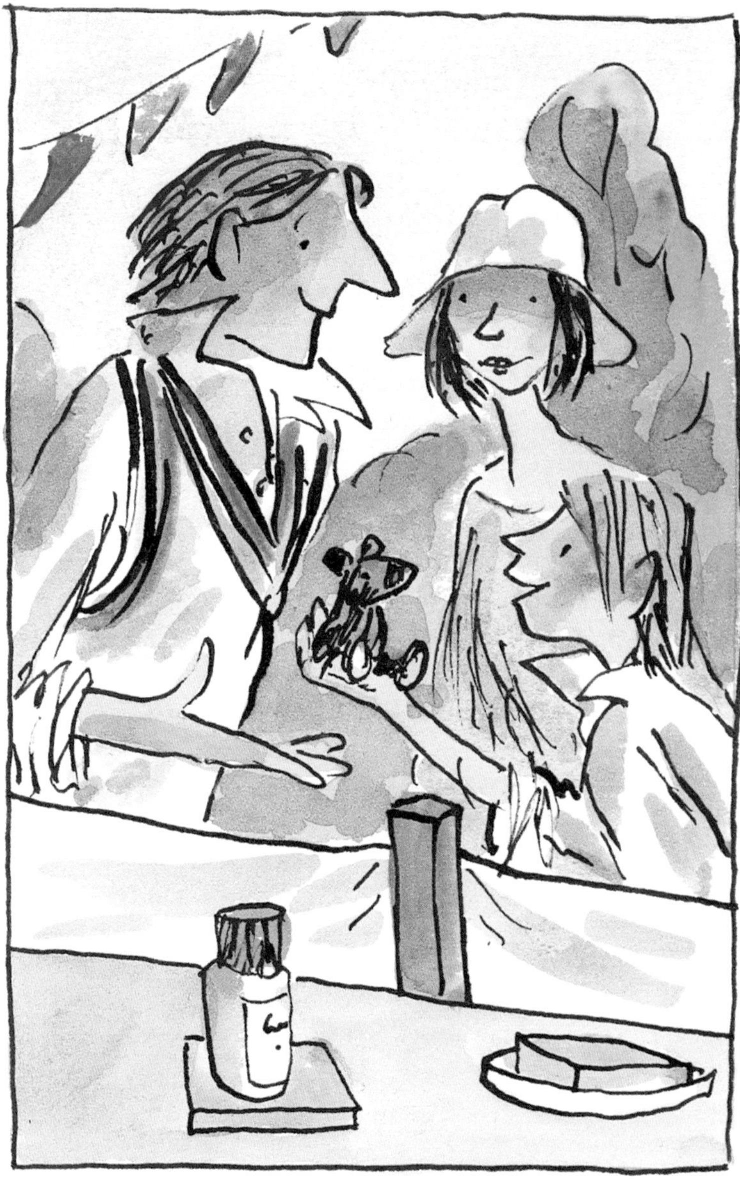

Roedd y tri ar y stondin taro cnau coco yn brysur hefyd. Jac oedd yn cymryd y pres a dosbarthu'r peli. Doedd ganddo ddim bag na chap i gadw'r pres ynddo, felly aeth y cyfan i'w bocedi – ac roedd y rheiny'n drwm iawn mewn dim o dro!

'Dim ond pedwar person sydd wedi ennill cneuen goco,' meddai wrth Pedr. 'Mae 'na

lwythi ar ôl! Hei – ga i roi'r
pres yma yn dy gap di? Mae
fy mhocedi'n orlawn.'

'Wrth gwrs,' atebodd Pedr.
'Gwell i ti fynd – mae gen ti
gwsmer!'

Am bedwar o'r gloch,
daeth mam Pedr atyn
nhw gyda gwên fawr ar
ei hwyneb. 'Dwi'n clywed
eich bod chi'n gwneud yn
dda iawn,' meddai. 'Mae
golwg boeth arnoch chi,
allan yn yr haul 'ma. Be
am gael te? Ac mae 'na
hufen iâ hyfryd ar gael.
Bydd raid i un ohonoch chi
aros yma i gadw llygad ar

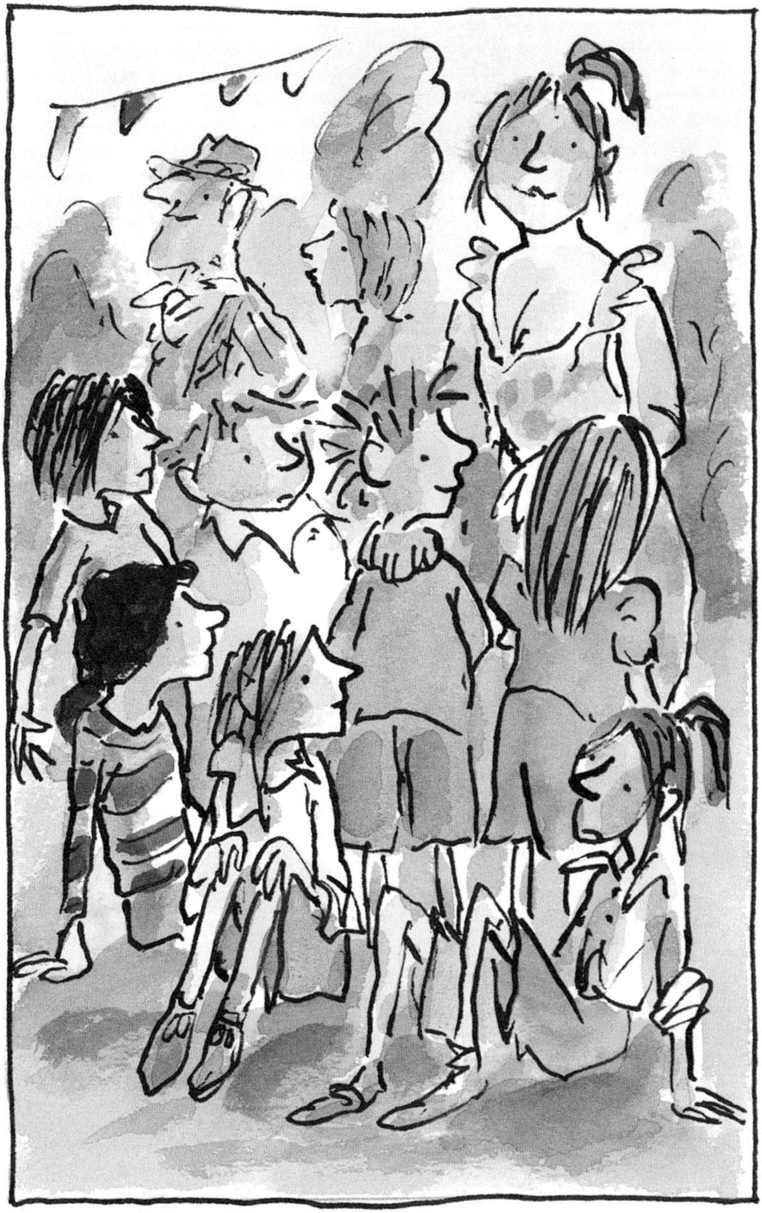

y stondinau, a chael te yn hwyrach.'

'Mi wna i aros,' cynigiodd Pedr. 'Fi ydi arweinydd y Saith Selog, wedi'r cyfan. I ffwrdd â chi – gofala i am bob dim. Dos di hefyd, Sgamp.'

Ond doedd Sgamp ddim eisiau gadael Pedr. Arhosodd i'w helpu, er nad oedd angen. Roedd pawb

erbyn hyn yn cael te, a dim
cwsmeriaid yn aros eu tro.

PENNOD 5

Roedd Pedr wedi diflasu
mewn dim o dro. Dechreuodd
dacluso ychydig ar y stondin
pan alwodd rhywun arno,
'Hei, Pedr! Tyrd i gael reid

ar gefn fy ngheffyl, tra bod y stondinau'n wag!'

Ffred Huws oedd yno, wedi dod â'i geffyl i'r parti er mwyn cynnig reid i'r plant.

'Wel, dwi i fod i ofalu am y ddwy stondin yma,' eglurodd Pedr, ond ysai am gael tro sydyn ar gefn y ceffyl.

'Gall Sgamp gadw llygad ar y stondinau,' atebodd Ffred. 'Bydd popeth yn berffaith saff

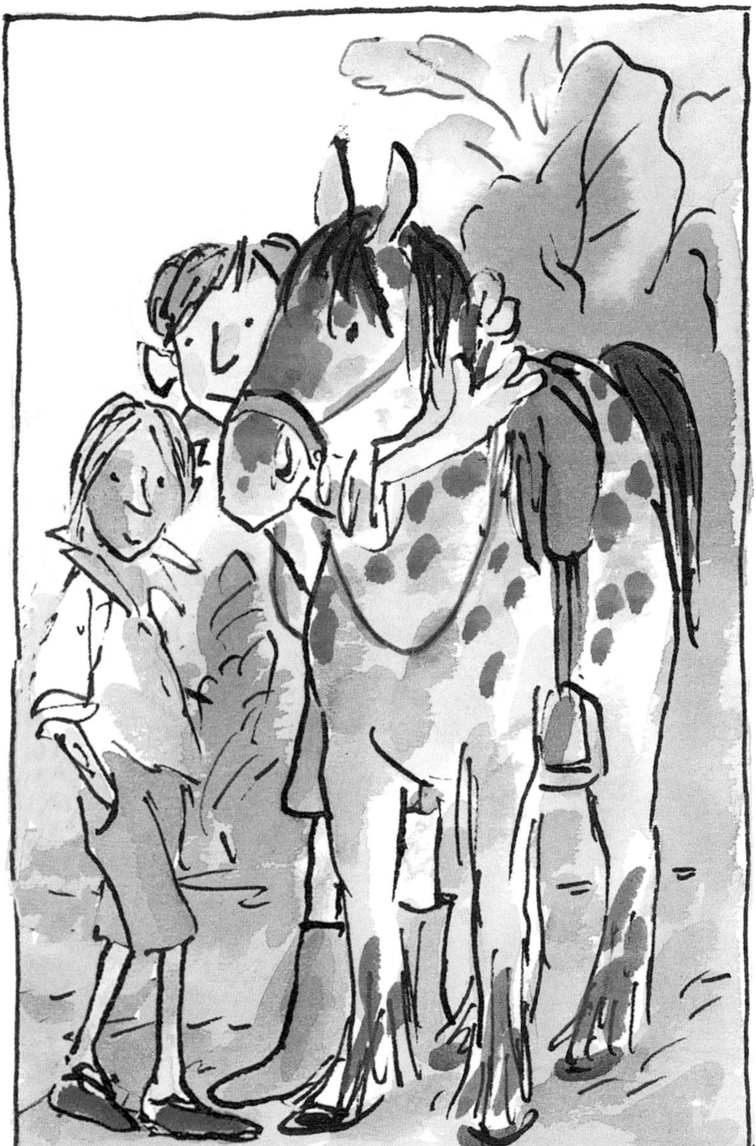

am funud neu ddau. A beth bynnag, does neb o gwmpas. Tyrd!'

'Iawn,' meddai Pedr. 'Sgamp – ti ydi'r bos rŵan! Mi ro' i'r cap llawn arian dan fwrdd y stondin taflu cylchoedd – chaiff neb ei gyffwrdd o, wyt ti'n deall? Na'r pethau eraill chwaith. Rŵan, gorwedd di yma, a chadwa lygad ar bopeth.'

Gorweddodd Sgamp
o dan y stondin. Teimlai'n
bwysig wrth iddo gadw llygad
barcud ar y cap llawn arian.
Aeth Pedr at Ffred.

'Gei di reid hirach na phawb arall,' meddai Ffred. 'Tair gwaith o gwmpas yr ardd!'

Erbyn i Pedr orffen ei reid, roedd gweddill y Saith Selog wedi bwyta eu te ac wedi dychwelyd at y stondinau.

'Lle aeth Pedr?' holodd Bethan. 'O, dacw fo – mae o wedi bod ar gefn ceffyl Ffred. Pedr, dos i gael dy de rŵan –

mae 'na ddau hufen iâ'n aros
amdanat ti!'

Cododd Pedr ei law a
rhedeg i gael ei de, gan weiddi
diolch i Ffred.

Bobol annwyl, am de! Pob math o frechdanau, pentyrrau o gacennau, teisen siocled flasus, a hufen iâ **anferthol**!

PENNOD 6

Treuliodd Pedr ugain munud
yn mwynhau ei de cyn
dychwelyd i'r stondin taflu
cylchoedd yn fodlon iawn ei
fyd.

Pan welodd Sioned fod Pedr yn ei ôl, gofynnodd, 'Lle mae'r arian, Pedr? Roeddwn i angen newid mân ond ro'n i'n methu dod o hyd i'r cap sy'n dal y pres.'

'Dwi wedi'i guddio fo dan y stondin taflu cylchoedd,' atebodd Pedr. 'Mae Sgamp yn gofalu amdano.'

'Wel, dydy o ddim yna rŵan,' meddai Sioned yn llawn

pryder. 'Dwi wedi edrych ym mhobman! O Pedr, roedd o'n llawn pres!'

Aeth Pedr i chwilio yn yr union fan y gadawodd o'r arian. Doedd dim golwg ohono. O, roedd Pedr yn ddigalon! Pam aeth o am reid ar geffyl Ffred? A lle yn y byd oedd Sgamp? Roedd y ci i fod yn gofalu am yr arian!

'Mae'n siŵr fod Sgamp wedi crwydro hefyd,' meddai Colin. 'Ar ôl iddo dy weld di'n gadael, mi wnaeth o'r un peth, a mynd am dro efo'r ci bach du 'na, mae'n siŵr – maen nhw'n dipyn o ffrindiau.'

'Ond ... ond doedd neb ar gyfyl y lle pan es i,' llefodd Pedr druan. 'Ro'n i'n edrych draw bob hyn a hyn. Fedrwn i ddim gweld Sgamp, ond ro'n i'n siŵr ei fod o'n dal i orwedd dan y bwrdd. O diar, mae hyn yn ofnadwy! Be wnawn ni?'

'Gwell i ti ddweud wrth

dy fam,' meddai Mali, oedd
braidd yn welw. 'Mae 'na leidr
wedi dwyn yr holl bres yna. Ni
oedd i fod yng ngofal y cyfan.

O, pam yn y byd est ti efo Ffred?'

I ffwrdd â Pedr i chwilio am ei fam, gan deimlo'n ofnus a digalon. Roedd o'n flin efo Sgamp. Pam wnaeth y ci adael ac yntau'n gwybod ei fod yng ngofal yr arian? Roedd o'n un da iawn am warchod fel rheol. Ond mae'n rhaid ei fod o wedi gadael y cap llawn arian, a bod rhywun wedi dwyn pob ceiniog!

'Mae dy fam wedi piciad adref am hanner awr i fwydo'r ieir,' meddai Mrs James. 'Bydd hi'n dod yn ôl cyn bo hir.'

Doedd Pedr ddim yn siŵr beth i'w wneud. Penderfynodd fynd adref i siarad gyda'i fam cyn iddi ddod yn ôl i'r parti. A byddai o'n medru nôl ei bres ei hun o'i gadw-mi-gei i'w roi yn lle'r pres gafodd ei ddwyn.

PENNOD 7

Wrth iddo basio'r stondin
taflu cylchoedd, galwodd
Pedr, 'Dwi'n mynd adref am
funud i nôl fy nghadw-mi-
gei ac i ddweud wrth Mam

am yr arian. Mae hi wedi
mynd adref i fwydo'r ieir.
Gofalwch am y stondinau,
plis, a chofia ddweud y drefn
wrth Sgamp pan ddaw o 'nôl,
Sioned.'

Rhedodd Pedr yr holl
ffordd adref. Gwelodd rywbeth
yn disgleirio ar y llwybr. Swllt!

'Wel, dyna lwc dda,'
meddai wrth ei roi yn ei
boced. Agorodd y giât, a gweld

darn chwe cheiniog ar y llawr! Rhoddodd hwnnw yn ei boced hefyd, cyn mynd drwy ddrws y tŷ.

Gwelodd ddwy geiniog ar y mat! 'Mae hyn yn rhyfedd iawn,' meddyliodd Pedr. 'Efallai fod gan Mam dwll yn ei phoced!'

'Mam!' galwodd. 'Mam! Ydych chi yma? Mae'n rhaid i mi siarad efo chi.'

Ac fel roedd ei fam yn
ateb, clywodd Pedr sŵn arall.
'**Wff, wff, wff**!'

Sgamp! Tybed ai diflasu wnaeth o yng ngardd y ficerdy, a rhedeg adref?

'Ydi Sgamp yma, Mam?' gofynnodd Pedr iddi.

'Ydi, mae o yn ei fasged, ond dwi'n meddwl ei fod o'n sâl,' atebodd ei fam. 'Mae o'n chwyrnu bob tro dwi'n mynd yn agos ato fo! Ond pam wyt ti adref? Rwyt ti i fod yn edrych ar ôl y stondin taflu cylchoedd!'

'Mam, mae holl arian
y stondinau wedi diflannu,'
eglurodd Pedr. 'Mi wnes i
adael Sgamp yng ngofal yr
arian tra o'n i'n cael reid ar
gefn merlen Ffred, a phan

ddois i 'nôl, roedd pob ceiniog wedi mynd!'

'O *Pedr*!' dwrdiodd ei fam yn flin. 'Sut fuest ti mor wirion?'

'Ond Sgamp oedd i fod i ofalu am y pres!' meddai Pedr. 'Sgamp, lle wyt ti? Dwi'n gandryll efo ti am fy siomi i fel 'na!'

PENNOD 8

Eisteddai Sgamp yn ei fasged.
'Tyrd yma,' gorchmynnodd
Pedr yn flin. Tyrchodd Sgamp
yn ei flanced, yna llamodd
o'r fasged at Pedr a gollwng

rhywbeth wrth ei draed.

Y cap llawn arian!
Ysgydwodd Sgamp ei gynffon,
ac edrych i fyny ar Pedr fel
petai'n dweud, 'Wel, mi wnes
i edrych ar ei ôl o! Doedd gen
i ddim syniad lle oeddet ti,
felly es i â'r cap adre! Mae o'n
berffaith saff!'

'Sgamp, ti aeth â fo!'
meddai Pedr mewn rhyddhad.
'Mae'n rhaid bod yr arian oedd

wrth y giât ac ar y llwybr wedi
syrthio o'r cap! O, Sgamp,
oeddet ti'n unig hebdda i?
Wnest ti ddim deall mai wedi
mynd am reid ar gefn ceffyl

Ffred roeddwn i? Ci gwirion
wyt ti – doeddwn i fawr o dro!'

'Dy fai di oedd o am adael
Sgamp druan,' dwrdiodd ei
fam. 'Ond mae popeth yn iawn
rŵan, diolch i'r drefn. Gwell
i ti frysio 'nôl! Dyma fag i
gadw'r pres yn saff, a gwna'n
siŵr dy fod di'n cadw golwg
arno fo'r tro hwn!'

Rhedodd Pedr yn ôl i'r
ficerdy gyda Sgamp wrth

ei ochr, gan deimlo'n llawer gwell. Roedd y lleill yn falch iawn o'u gweld nhw ac o glywed yr hanes!

'Da iawn, 'rhen Sgamp,' meddai Sioned gan roi mwythau i'r ci. 'Mi est ti i chwilio am Pedr, do? A mynd â'r arian efo ti i'w gadw'n saff. Ew, rwyt ti'n gi da. Tyrd i gael hufen iâ!'

'**Wff**!' meddai Sgamp

yn llawen, ac i ffwrdd â fo
efo Sioned, gan adael y lleill i
ofalu am y stondinau.

Ac, wrth gwrs, roedd
POB UN o'r Saith Selog yn

cadw llygad barcud ar yr arian wedi hynny. Pan aeth y ficer ati i gyfri'r arian ar ddiwedd y parti, roedd stondinau'r Saith Selog wedi codi mwy nag unrhyw stondin arall. Roedd pawb mor falch!

'Gwych, y saith ohonoch chi,' meddai Mrs James. 'Fyddwn i ddim wedi gallu gwneud hyn heb eich help chi!'

'**Wff**!' cytunodd Sgamp

ar unwaith, ac eglurodd Sioned
mai ystyr ei gyfarthiad oedd,
'Fyddech chi'n sicr ddim wedi
codi 'run geiniog heb fy help i!'

Pump Prysur

Addasiadau Cymraeg **Manon Steffan Ros**
o gyfres enwog **Enid Blyton**.

Dyma eich cyfle i fwynhau anturiaethau
Siôn, Dic, Jo, Ani a Twm - Y Pump Prysur.

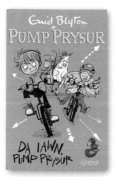
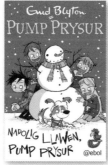
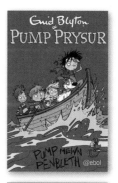

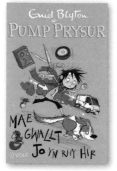
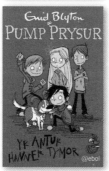

Cyfres ddarllen ar gyfer darllenwyr ifanc sy'n mwynhau darllen am anturiaethau'r criw enwog. Pleser Pur!